ROLAND

A PONT-DE-VAUX

MÉLI-MÉLO DE GRANDE ET DE PETITE MUSIQUE
EN QUATRE ACTES,

PAR

MM. LABIE ET ***.

LYON
IMPRIMERIE D'AIMÉ VINGTRINIER,
Rue de la Belle-Cordière, 14.

—

1865

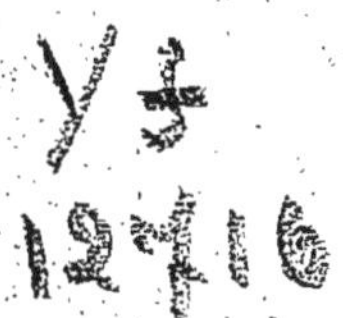

ROLAND A PONT-DE-VAUX

PERSONNAGES.

ROLAND, jeune gardeur de troupeaux...
GONERON, marchand de bœufs et charcu-
    tier marron. ....
ZÉMIR DE BEL·AZOR, seigneur châtelain..
TURLUPIN, sorcier et vétérinaire sans di-
    plôme ....
PANADE, fille de Zémir ....
SAHIRA, corpulente bressane ....
CHARLEMAGNE, berger, personnage invi-
    sible.................
UN BOUVIER......................

ROLAND

A PONT-DE-VAUX

MÉLI-MÉLO DE GRANDE ET DE PETITE MUSIQUE

EN QUATRE ACTES,

PAR

MM. LABIE ET ***.

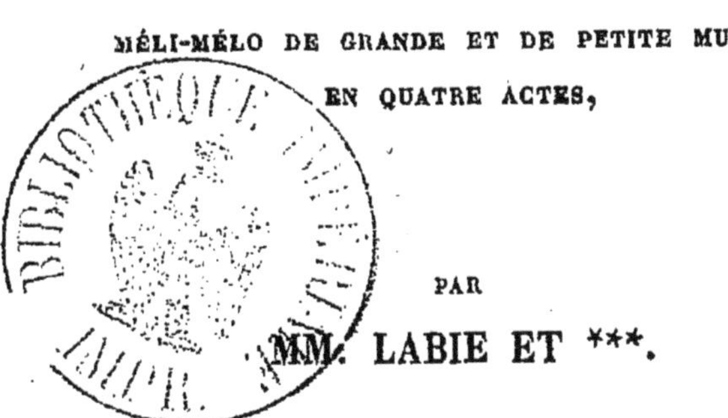

LYON

IMPRIMERIE D'AIMÉ VINGTRINIER,

Rue de la Belle-Cordière, 14.

—

1865

COSTUMES DE LA PIÈCE.

Roland. — Chapeau rond à petits bords orné d'un ruban couleur cerise dont les bouts pendent sur l'épaule. — Chevelure blonde et frisée. — Houppelande en peau de chèvre. — Culotte courte de couleur claire, guêtres assorties à la houppelande. — Gibecière en toile grise. — Gilet rouge. — Une longue corne à bouquin en sautoir. — Grand manteau brun. — Houlette avec fer en forme de lance et enrubannée.

Turlupin. — Perruque blanche. — Barbe à la saint Jérôme et tombant jusqu'aux genoux. — Une robe brune et traînant à terre. — Un grand bâton recourbé à la main.

Zémir. — Costume de paysan bressan riche.

Goneron. — Même costume rappelant par certains détails sa profession.

Panade. — Petit chapeau posé sur le front recouvert d'une dentelle noire pailletée d'argent attaché au chignon du bonnet bressan par deux rubans couleur cerise. — Elle porte au cou un cœur d'argent et une croix du même métal, le tout est fixé étroitement par un ruban attaché derrière et dont les bouts retombent le long des reins. — Corsage bas, corset bleu clair brodé d'argent sur toutes les coutures, les manches s'arrêtent à la saignée et sont garnies de trois galons d'argent. — Gorgerette en dentelle blanche pailletée. — Collerette de 10 cent., luisante, à petits plis. — Jupe courte et garnie de dents de loup en argent. — Grand tablier à bavette cerise retenue par une chaînette en argent. — Bas blancs. — Souliers à boucles.

Sahira. — Grand chapeau mâconnais garni d'or et de larges dentelles noires dont les bouts au nombre de cinq retombent jusqu'à la ceinture. — Robe ponceau garnie d'or. — Tablier à bavette vert-changeant. — Gorgerette en dentelle noire pailletée d'or. — Au cou une plaque en or enrichie de diamants. — Bas de soie à coins brodés or. — Souliers à boucles en diamants.

Pour la musique, s'adresser à M. Cherblanc, au théâtre des Célestins, à Lyon.

ROLAND A PONT-DE-VAUX

ACTE PREMIER.

On entend à l'orchestre l'air de *Ça-ira*.

Le théâtre représente deux salles basses d'un vieux château se
faisant suite l'une à l'autre. — La première occupe toute la
largeur de la scène ; à droite une large fenêtre éclairée par
un vigoureux rayon de soleil ; porte à gauche au 2me plan.
— Au fond vitrage à losange et donnant sur une galerie. —
La deuxième salle ne prend que le tiers du théâtre, elle a
une ouverture sur la galerie et se continue dans la coulisse.

SCÈNE PREMIÈRE.

ZÉMIR, SAHIRA.

Ils entrent en se disputant.

ZÉMIR.

Ça-ira, Sahira.

SAHIRA.

Ça ne va pas du tout ;
Tous ces lanternements ne sont pas de mon goût.

ZÉMIR.

Éteins ton gaz : on fait tout ce que tu réclames ;
A travers ton bonnet, ton cœur jette des flammes ;
Expose tes raisons et calme ce courroux,
Fille de Pont-de-Veyle, enfin qu'exigez-vous ?

SAHIRA.

Je suis de Pont-de-Vaux et des plus éveillées !
Je suis le lumignon éclairant nos veillées ;
Mon esprit de vin pur aime le grand chemin :
Quand je donne mon cœur, j'ai le cœur sur la main.
Je ne puis épouser le père avec la fille.
Zémir de Bel-Azor, vous aimez la famille ?
Soit : de vous en faire une on connaît le moyen ;
Si je porte un fardeau, je veux qu'il soit le mien.
Débarrassez-vous donc de la jeune Panade :
Je suis lasse à la fin de cette arlequinade !

ZÉMIR.

Comme on écaille une huître, ainsi j'ouvre mon cœur.
Panade t'embarrasse : Eh bien ! je la marie,
Et j'ai fait afficher ses bans à la mairie.

Tumulte au dehors.

Avec un *air* de bœuf, que dis-je, un air vainqueur,
Dans la cour du manoir, *pige* un peu ce bonhomme :
C'est un marchand de bœufs que partout on renomme.

SAHIRA.

Goneron ?

ZÉMIR.

Goneron.

SAHIRA.

Goneron !

ZÉMIR.

Goneron.

Il est rond en affaire, en amour il est rond ;
Rond de corps, et d'esprit pointu comme une boule;
C'est un vrai potiron, il ne va pas, il roule.
Cours prévenir Panade.

SAHIRA.

On y va.

ZÉMIR.

S'avançant vers le public après les trois saluts d'usage.

Goneron :
Un vieux chat de gouttière, il fait encor ron-ron.
C'est un fameux lapin, sa trogne est fraîche et rose ;
Il n'a qu'un seul défaut, c'est de parler en prose,
Si toutefois c'est un défaut....
Il faut des vers, pas trop n'en faut.
C'est un original, cela se voit de suite
Il arrive en chantant, précédé.... de sa suite.

SCÈNE II.

Entrée des garçons de ferme par la galerie ; ils portent les différents cadeaux destinés à la corbeille de noces ; après le chœur, ils traversent la seconde pièce et disparaissent dans la coulisse.

ZÉMIR, GONERON, LES GARÇONS DE FERME.

LES GARÇONS DE FERME.

CHOEUR.

Que le vin ruisselle,
C'est grand jour de fête au manoir,
Le buffet pour la noce est garni de vaisselle,
Nous allons manger jusqu'au soir.

Que nos chants retentissent !
Cent fois que nos verres s'emplissent !
Nous allons manger jusqu'au soir.
C'est grand jour de fête au manoir !

Goneron s'avance d'un air sombre, marche d'un pas tragique et se pose devant Zémir qui l'examine des pieds à la tête.

ZÉMIR.

Et puis après ?

GONERON.

Je ne suis pas dans mon assiette :

ZÉMIR.

Il la faudrait de taille.

GONERON.

J'ai une araignée...

ZÉMIR.

Où ça ?

GONERON.

Dans le plafond.

ZÉMIR.

Écrasez-la.

GONERON.

Impossible, sa toile est un tissu magique.

ZÉMIR.

Magique? Serait-ce un tour de Turlupin, l'homme
à la barbe, le sorcier du..... Revermont.

GONERON.

Turlupin, allons-donc ; lui, un sorcier! sorcier
comme vous :

ZÉMIR.

Il ne l'est guère ;

GONERON.

Ou comme moi :

ZÉMIR.

Il ne l'est pas du tout.

GONERON.

(*Forte*). Non, ça vient de plus haut. (*Piano*). Vous souvient-il de cet orage qui moissonna nos chanvres et nos sarrazins?

ZÉMIR.

Oui!

GONERON.

Qui décoiffa nos chaumes et décorna nos bœufs?

ZÉMIR.

Oui!

GONERON.

Toutes les *cathédrales* du ciel semblaient fondre sur nos chefs, les nuages amoncelés promenaient sur la grande route du ciel l'artillerie de leurs canons destructeurs.

ZÉMIR.

Dieu! qu'il est poétique!

GONERON.

Un homme descendit de la montagne; son cornet à bouquin dissipa les nuées; il avait soustrait à l'orage tout le tonnerre de Dieu et le rapportait calme et fier comme un flambeau au bout de sa houlette!... Sûtes-vous le nom de cet homme?

ZÉMIR.

Non!

GONERON.

Je vous le dirai tout-à-l'heure... Vous souvient-il de ce jour où la Reyssouze sortit de son lit, haletante et dévergondée comme une jeune fille qui a jeté son bonnet par dessus les moulins?

ZÉMIR.

Oui !

GONERON.

L'onde écumante et furieuse coupa dans le pont
qui allait perdre son tablier.

ZÉMIR.

L'indécent !

GONERON.

Un homme survint, qui, de ses bras nerveux,
soutint les arches chancelantes.

ZÉMIR.

(*A part*). En vers ce serait superbe.

GONERON.

Sûtes-vous le nom de cet homme ?

ZÉMIR.

Non !

GONERON.

Je vous le dirai plus tard ! Vous souvient-il de
l'époque....

ZÉMIR.

Oui, un grand journal !

GONERON.

Non ! de l'époque où la forêt de Seillon enfanta
une meute de loups qu'elle nous envoya en sevrage.
Tous nos agneaux y passèrent; un homme seul alla
à leur rencontre sans autre arme que sa houlette, il
reparut :

  Et ce rude enfant de la Gaule,
  Après des dangers infinis,
Comme en brochette avait tous les loups réunis,
  Qu'il emportait sur son épaule !

ZÉMIR.

Il y est venu !...... c'est inouï, c'est inimaginable, absurde !

GONERON.

C'est Du-laurent tout craché (1).

ZÉMIR.

Dulaurens ?

GONERON.

Du-roland ! ma langue a fait fourchette.

ZÉMIR.

Eh bien !

GONERON.

Cet homme est mon rival, cet homme aime votre fille !

ZÉMIR.

Idiot ! et c'est là ce qui vous met *Martel* en tête, c'est par trop moyen-âge ; si cet homme vous gêne, on le supprime.

GONERON.

Oui, mais sa *Ducantal*, sa houlette invincible ?

ZÉMIR.

Pourquoi ce nom, Ducantal ?

GONERON.

C'est un département; elle est en bois de fer.

ZÉMIR,

Pouah ! une Auvergnate...... N'avez-vous pas des

(1) M. Dulaurens a créé à Lyon le rôle de Roland dans l'opéra de M. Mermet.

garçons de ferme dont les poings respectables sont illustrés de généreux gourdins.

Pas n'est de Ducantal qui puisse y résister!

GONECON.

Au fait, vous avez raison, j'y songerai!
Abordons maintenant un sujet plus gaillard.

ZÉMIR.

Encore un vers!

GONERON.

Gai, gai, marions-nous,
     La folie
     Nous rallie,
Gai, gai, marions-nous,
Malgré le chant des coucous.

Reprise ensemble, ils dansent.

ZÉMIR.

Coucou!

GONERON.

Coucou!
Souvent l'homme ne vaut rien;
Parfois la femme est méchante;
Toujours l'amour nous enchante,
Le monde s'en trouve bien!

ZÉMIR.

Pour avoir un substitut,
Pour légitimer nos flammes,
Pour ne plus tromper les femmes
Et pour croire à la vertu;

GONERON.

Pour singer les éléphants,
Pour grossir son patrimoine,
Pour s'engraisser comme un moine,
Pour adopter des enfants !
Pour....

ZÉMIR.

Assez, assez, avez-vous songé à la corbeille?

GONERON.

Je l'apporte farcie des produits culinaires de notre Bresse heureuse, les poulardes de Bourg reposent près de ces pâtés de foie gras que nous devons à l'intelligence de ces oiseaux de basse-cour qui, aveugles et les pieds cloués sur une planche, se la coulent courte et bonne.

ZÉMIR.

Bon !

GONERON.

Bonne..... en ma qualité de charcutier marron, je l'ai gonflée d'andouillettes et de saucissons de campagne, j'apporte en sus...

ZÉMIR.

En *susse !*

GONERON.

Une hure de sanglier cueillie dans la gorge du Revermont.

ZÉMIR.

Mon revers ?

GONERON.

Revermont.

ZÉMIR.

C'est très-galant d'allure,
Ma fille aimera tout et surtout votre hure.

GONERON.

Chut, la voici !

ZÉMIR.

AIR : *Ma Fanchette est charmante.*

Admirez ma Panade,
Son front, son teint, ses yeux,
Je dis sans gasconnade
Qu'on ne peut trouver mieux.

SCÈNE III.

ZÉMIR, GONERON, SAHIRA, PANADE.

ZÉMIR.

Voilà mon gendre, ton époux; enlevée la position!
Allons voir la corbeille de noces ; Sahira, voici mon
bras.

PANADE.

Un instant : je demande la parole pour un fait
personnel.

ZÉMIR.

Non !

PANADE.

Si !

ZÉMIR.

Non !... accordé !

PANADE.

Elle tousse, se mouche, crache.

Petit père, à l'enfant qui se noie on tend la per-

che; au gredin qu'on va pendre on accorde un quart-
d'heure pour recommander son âme à Dieu. J'é-
prouve le besoin de me chanter une romance. Après
quoi je serai toute à vous.

ZÉMIR.

Toute à moi !..... Toute à lui qui sera ton époux.
Tu viendras nous rejoindre (*à Goneron*). Suivez-
nous !

Air de *Guillaume Tell* qui s'emmanche avec
l'air de la romance qui suit :

SCÈNE IV.

PANADE, *seule.*

Air de *Roland.*

Jadis rieuse et folle jeune fille,
J'ignorais tout, jusqu'au nom d'un mari,
Et tout le jour, laissant courir l'aiguille,
Mon seul amour était mon canari.
   J'écoutais, rêveuse et pensive,
   Dans l'âtre le chant du grillon,
   Maintenant, pâle sensitive,
   J'ai des ronces dans mon sillon ;
   J'ai des cheveux dans l'existence,
   Et, comme disait Jean Hiroux,
   J'éprouve un em....barras immense,
   A la fois cruel et bien doux ;
   Que Goneron s'en aille paître,
   Ce charcutier a mon mépris;
   C'est Roland, le héros champêtre,
   Roland dont mon cœur est épris !

    A la fin de l'air, le ciel s'est couvert, nuit com-
plète à la rampe et dans la coulisse ; le rayon de soleil, peint sur le rebord de la fenêtre, se détache dans
l'ombre.

(Parlé.)

Quand j'étais toute petite et que je chantais,
maman ne cessait de me dire:

> Panade, il va pleuvoir;

Ai-je donc conservé cet enfantin pouvoir?
Qu'il est stupide et beau, surnaturel de voir
Ce soleil qui rayonne, inflexible DEVOIR (1)!
De tous les coins du ciel, Seigneur, tu nous bombardes,
Qu'est-ce qu'il va tomber, mon Dieu! des hallebardes!

> Immense coup de tonnerre, on voit la flamme de
> l'éclair, et Roland, franchissant la croisée, tombe en
> scène.

SCÈNE V.

PANADE, ROLAND.

PANADE (*se cachant la tête dans les mains*).

Oh! la! la! oh! la la!

ROLAND.

Coucou.

PANADE.

Ah! le voilà!

ROLAND.

> (Sans voir Panade.)

Je vais comme le vent, descends comme la foudre,
Ce tonnerre a laissé certaine odeur..... de poudre,
Panade!

____

(1) M. Devoir, conservateur et peintre décorateur des
théâtres.

PANADE.

Mon Roland!

ROLAND.

Panade, mon amour!
Au milieu de la nuit, te voir c'est voir le jour.

PANADE.

Vous arrivez, mon cher, comme mars en *calèche :*
Le Goneron est là. Tu sais qu'il me recherche,
Et pour le bon motif!

ROLAND.

Cet amoureux poussif?
Je garde à son contrat un fier coup de canif;
Je t'enlève, un, deux, trois; mettons-nous en cam -
[pagne.

PANADE.

Mais on nous poursuivra.....

ROLAND.

Pour gagner la montagne
N'ai-je pas mon cornet? le berger Charlemagne,
Un gardeur de pourceaux, me promet son appui;
Rien à craindre avec moi, rien à craindre avec lui.

Air *De Roland.*

Au cabaret du Lion d'or,
Je jurai de punir l'infâme
Qui voudrait épouser ma femme;
De mon serment je me souviens encor!

PANADE.

Chut! on vient; mon papa.

ROLAND.

Et son gendre.

PANADE.

Mon futur!

ROLAND.

Passé ! attention ! nous allons fouler le grand trottoir, pincer de la haute comédie.

SCÈNE VI.

LES MÊMES, ZÉMIR, GONERON, SAHIRA.

GONERON.

Ensemble! Dieu du ciel!

> Sahira retient Goneron et Zémir lui met la main sur la bouche.

ZÉMIR.

Ecoutons !

> L'orchestre joue l'air de *Joseph*. Roland s'est assis et a tiré de sa gibecière son couteau de poche et du fromage, il mange et parle.

ROLAND.

Tenez, Mademoiselle Panade, j'aime à vous voir (*Mouvement au fond*), comme ça de loin en loin, en passant; vous êtes gentille, je ne dis pas non; vous êtes même une fière femme, mais toutes les crinolines du monde me font moins d'effet que ce troc de pain et ce quartier de fromage.

CHANTÉ.

Dans la Bresse, aux gras pâturages,
Je conduis de nombreux troupeaux ;
Je suis simple comme au jeune âge,
Timide comme mes agneaux.

SAHIRA.

Béta, vous voyez !

GONERON.

Je m'étais mis le doigt dans l'œil.

(Ensemble des deux derniers vers.)
Il est simple comme au jeune âge,
Timide comme ses agneaux.

(Ils s'avancent.)

GONERON.

(*A Roland.*) Te voilà, petit berger, n'oublie pas
que tu dois venir demain à la ferme, pour emmener
mes bœufs et mes moutons.

ROLAND.

On y sera, bourgeois, sur le coup de trois heures.

GONERON.

Bien ! et je te promets une surprise.

ROLAND.

Et moi itou, patron.

GONERON.

Des gauffres et une lampée de vin blanc.

ROLAND.

Seigneur !

ZÉMIR.

(*A Panade.*) Tu n'as plus rien à te chanter
alors, puisque tu as refusé de venir voir la corbeille, Goneron, dites qu'on l'apporte.

GONERON.

Ohé ! mes bouviers, mes porchers. En avant,
arche !

> Entrée des garçons portant tous à la main un des
> cadeaux de la corbeille. L'orchestre joue la ritour-
> nelle de l'air des Pyrénées, puis Roland, qui a remis
> son pain dans la gibecière et s'est levé, chante :

ROLAND.

Montagnes de la Bresse,
Sur le plus haut sommet,
Je hume avec ivrese
Tous les airs de Mermet.
Les plus gras pâturages
Ornent vos larges flancs ;
On y fait des fromages
Pour récolter des francs !

REPRISE PAR LE CHOEUR.

Montagnes de la Bresse, etc.

FIN DU PREMIER ACTE.

ACTE DEUXIÈME.
Un intérieur de ferme.

—

SCÈNE PREMIÈRE.

SAHIRA, FILLES DE FERME.

Au lever du rideau, les filles de la ferme sont occupées à faire des gauffres, à battre le beurre, etc... sous la direction de Sahira.

SAHIRA.

Aux filles de la ferme.

Allons, déguerpissez ; monseigneur châtelain
S'avance, avec son gendre ; ils ont l'air peu calin,
    Faites un tour de promenade ;
Vous reviendrez plus tard, à l'heure du berger ;
Moi je vais ajouter quelques fleurs d'oranger
    A la coiffure de Panade.

Elles sortent.

SCÈNE II.

ZÉMIR, GONERON.

ZÉMIR.

(*Tenant un papier à la main*). Voici l'acte passé devant maître Antoine et son compagnon, il n'y manque plus que votre griffe et les pattes de mouches de ma fille.

GONERON.

Cet acte est creux, il manque d'action.

ZÉMIR.

En tous cas il ne manque pas de *chœurs*.

GONERON.

Soit, mais se marie-t'on lontaine ton ton, pour confectionner des colliers de perles?

ZÉMIR.

Mon gendre, vous me faites rougir.

GONERON.

Air de l'*Apothicaire* :

Je lui trouve un air clandestin
A ce grand jour des fiançailles ;
On se dirige sur Pantin
Et l'on veut aller à Versailles.
Dans le matrimonial chemin,
Pour que tout marchât à merveille,
Il faudrait que le lendemain
Pût arriver avant la veille !

ZÉMIR.

Comment pouvez-vous avoir le cœur au vaudeville en accomplissant un acte....

GONERON.

Allez au diable avec votre acte... il faut racheter la pauvreté du fond par la richesse des détails. J'ai convoqué un troupeau de fileuses, nous allons bastringuer en attendant partie...... j'entends le cortége.

ZÉMIR.

Oh ! nous sommes très-riches en cortége.

GONERON.

Au rideau !

ZÉMIR (*au public*).

Comme c'est naturel !

La toile de fond se lève ; le théâtre représente une
salle basse ouverte sur la campagne. Guirlandes de
fleurs aux deux portes.

SCÈNE III.

LES MÊMES, SAHIRA, LES FILEUSES (une
quenouille fixée au côté) **ET PANADE.**

Sahira tient Panade en costume de mariée, les Fileuses les suivent. Goneron fait un pas vers Panade,
Sahira se met entre eux deux, les Fileuses se rangent
dos à dos sur deux lignes, entre Goneron et Panade.
Sahira tient toujours la tête de la colonne.

SAHIRA.

Air : *Bressan.*

La fille à Parnette
　Va se fiança,
Va se fi.... guinguillemette,
Va se fi.... virlagoulette,
　Va se fiança !

LE CHOEUR.

Va se fi.... guinguillemette,
Va se fi..., virlagoulette.
Va se fiança !

> Sur le mot de virlagoulette les Fileuses
> pirouettent sur leurs talons.

GONERON.

Prêtons-nous de bonne grâce à ces muffleteries champêtres.

C'est un biau z'un homme
Qui veut l'épousa.
C'est un biau.... guinguillemette,
C'est un biau.... virlagoulette
Qui veut l'épousa !

CHOEUR.

C'est un biau.... guinguillemette,
C'est un biau.... virlagoulette
Qui veut l'épousa.

ZEMIR.

L'amant fait tapaze
Y veut l'imbrassa ;
Y veut l'im.... guinguillemette,
Y veut l'im... virlagoulette,
Y veut l'imbrassa !

CHOEUR.

Y veut l'im.... guinguillemette,
Y veut l'im.... virlagoulette,
Y veut l'imbrassa !

PANADE.

La Parnette est saze,
Lui dit : repassa.
Lui dit re.... guinguillemette,
Lui dit re.... virlagoulette,
Lui dit : repassa.

CHOEUR.

Lui dit re.... guinguillemette,
Lui dit re.... virlagoulette,
Lui dit : repassa.

A ce moment, Sahira prend les deux fiancés par la main pour que Goncron mette l'anneau à Panade et continue :

SAHIRA.

Au doigt il lui passe
Son anneau d'arzent,
Son anneau.... guinguillemette,
Son anneau.... virlagoulette,
Son anneau d'arzent.

CHOEUR.

Son anneau.... guinguillemette,
Son anneau.... virlagoulette,
Son anneau d'arzent.

Sahira élève les mains au-dessus de la tête
des fiancés qui se šont baissés et les bénit.

SAHIRA.

Ils auront insimble
De nombreux infants.

D'une voix émue :

De nombreux.... guinguillemette,
De nombreux.... virlagoulette,
De nombreux infants.

CHŒUR.

De nombreux.... guinguillemette;
De nombreux.... virlagoulette,
De nombreux infants !

> Pendant la reprise du chœur les femmes se sont éloignées un peu les unes des autres. Sahira tenant Goneron et Panade par la main remonte avec eux la scène en passant sous un berceau formé par les quenouilles des fileuses.

GONERON.

Ouf! c'est fini! Maintenant, attaquons vivement la bourrée.

BOURRÉE.

> La bourrée s'exécute sur l'air du chœur dansé du premier acte de *Roland*. A la fin de la danse on entend le son d'un cornet à bouquin.

SCÈNE IV.

LES MÊMES, ROLAND.

ROLAND.

C'est moi, patron, je me rends à vos ordres ; où sont les bêtes ?

GONERON.

A l'étable !... Qu'on donne à ce garçon des gaufres et du vin blanc.

ROLAND.

Merci! je n'ai ni faim, ni soif. (*Bas à Panade*). Attention ! voilà le moment. (*Haut.*) Il faut que je

me hâte avant le coucher du soleil. Si la jeune et
belle fiancée voulait assister au départ des troupeaux, elle y trouverait je crois un sensible plaisir.

GONERON.

(*A Zémir*). Mais il fait de l'œil à ta fille !

ZÉMIR.

Je le crains.

GONERON.

Oh ! ma *vingince!* mon projet me revient tout
entier... dis-moi, petit berger, tu traverses la vallée
du Revermont ?

ROLAND.

C'est mon chemin.

GONERON.

Bon voyage. (*A Zémir*). Je l'y repincerai. Bressa-
nes, laissez-nous !

> Sortie sur la reprise de l'air de la virgou-
> lette. Roland présente la main à Panade et le
> chœur suit en dansant.

SCÈNE V.

> Goneron va dans le fond, à droite et à gauche

GONERON.

Holà ! gens de la ferme, à moi !

> Entrée des garçons de ferme.

GONERON.

On fait à votre maître une insulte mortelle , on
me chipe ma fiancée ; êtes-vous prêts à me venger ?

LES GARÇONS.

Oui !

GONERON.

Il s'agit de donner au félon une tripotée que le diable en prendra les armes.

LES GARÇONS.

Nous sommes prêts !

GONERON.

C'est Roland, le chevrier, qui est le principal personnage de cette danse, il payera les violons.

LES GARÇONS.

Bravo !

GONERON.

Air :

Il est une gorge un peu grande
Où, cachés comme des hiboux,
Nous pourrons lui flanquer des coups
Sans avoir peur qu'il nous les rende,
C'est la gorge du Revermont (*bis*).

CHOEUR.

Revermont,
Vallon triste et sombre,
Prête ton ombre
A son affront.

} *bis.*

GONERON.

Quand les moutons vont en campagne
Roland est toujours le premier ;
Mais s'ils descendent la montagne,
C'est lui qui marche le dernier.

CHOEUR.

Qui marche le dernier,
Revermont, etc.

GONERON.

Du Revermont pour garder la mémoire
Il faut un *benef* à ma gloire,
A moi la gibecière, à moi le cor d'ivoire,
La peau de chèvre de Roland,
La houlette du vert-galant ! (*bis*.)

CHOEUR.

Bon Dieu, quelle raclée !
Je m'en fais un plaisir ;
De cette dégelée
Il va se souvenir.
Quelle dégelée !
De cette raclée (*ter*)
Il va se souvenir.

GONERON.

Garçons, voici Roland.

CHOEUR.

Silence !

Roland et Panade traversent le fond.

ZÉMIR.

Ah ! ça, mais tu souffres qu'il emmène ma fille à
ton nez et à ma barbe?

GONERON.

Paix! c'est le drame qui commence !

CHOEUR.

Revermont,
Vallon triste et sombre,
Prête ton ombre
A son affront.

Bon Dieu, quelle raclée !
Je m'en fais un plaisir ;
De cette dégelée !
Il va se souvenir, etc.

FIN DU DEUXIÈME ACTE.

ACTE TROISIÈME.

Une gorge du Revermont. — Rochers à pic et forêt épaisse dans le lointain; quelques grands arbres sur les pentes et aux premiers plans.

SCÈNE PREMIÈRE.

Au lever du rideau, Turlupin jette au lointain de mélancoliques regards; appuyé sur son bâton, il chante.

TURLUPIN, seul.

AIR : *Bressan.*

J'ai parcouru tous les pays, .
J'ai vu Lyon, j'ai vu Paris,
La Suisse où chacun fait son beurre,
L'Espagne où l'on aime à toute heure ;
Mais je n'ai rien vu de plus beau
Que Pont-de-Veyle et Pont-de-Vaux !

J'ai visité tous les réduits,
Bazards des féminins produits ;
Je connais Orléans la belle,
Où toute fille est demoiselle ;
Mais je n'ai rien vu de plus beau
Que Pont-de-Veyle et Pont-de-Vaux.

Pendant la ritournelle de l'air suivant Turlupin remonte la scène et se tient à la gauche du spectateur.

Voici, troupe rieuse et folle,
Voici les enfants des pasteurs,
Qui s'en vont moissonnant les fleurs,
Et déroulant la farandole !

SCÈNE II

TURLUPIN, SAHIRA, JEUNES FILLES.

Sahira est en tête de la farandole qui se déroule peu à peu jusques sur le devant de la scène. Toutes les femmes sont coiffées du chapeau bressan surmonté d'une aigrette de flamme ; elles sont rangées par ordre de taille et la farandole se termine par de petits enfants.

CHOEUR.

Allons-y donc, mie, à l'ombreuze ; } *(bis)*.
Car le soleil nous fera mau.   }

Pendant que la farandole tourne, Sahira chante.

SAHIRA.

On met sa blance cemisette,
On boit un p'tit verr' d'anizette,
On danse au son de la muzette,
Et ça n'y fait ni bien ni mau !

La danse s'arrête subitement, les jeunes filles font entendre le cri du loup.

LES JEUNES FILLES.

Hou ! hou ! — para le loup !

CHOEUR *(dansé)*.

Allons-y donc, mie, à l'ombreuze ;} *(bis)*.
Car le soleil nous fera mau.   }

SAHIRA.

On chante ma tan-turlurette,
On tombe sur la verdurette,
Risque à friper sa colerette,
Et ça n'y fait ni bien ni mau !

Même jeu de scène que plus haut, et la farandole s'éloigne.

TURLUPIN.

(*Descendant la scène.*) C'est égal, il est dur
d'exercer la médecine et la sorcellerie dans cette
vallée de Revermont qui décidément manque de
gaîté. Ces brouillards sont d'une inconvenance... Je
suis trempé comme une soupe... et la pratique ne
vient pas. Si, j'aperçois un quidam...

SCÈNE III.

TURLUPIN, ROLAND.

Roland entre par la droite, les bras croisés sur la
poitrine, sombre et méditant; il vient jusqu'à la
rampe sans voir Turlupin.

ROLAND.

Je me suis fait tirer les cartes ce matin!
Les piques sont sortis trois fois... guignon certain.
Il me semble dans l'air entendre un bruit de gaules,
 J'en sens déjà frissonner mes épaules.
 Ce que j'ai fait est d'un jeune étourdi,
  Et je ne suis point à mon aise;
  Le Goneron n'est pas hardi,
  Mais il peut la trouver mauvaise,
  Et nous sommes au vendredi,
   Un treize!

      (Apercevant Turlupin.)

Ah! vous voilà, sorcier, merci, ça va pas mal;
  Sauf qu'en cet instant je m'amuse
  A broyer du noir.....

TURLUPIN.

  Animal!

ROLAND.

Mes pensers ne sont pas couleur de la céruse.

TURLUPIN.

Faut-il t'arracher quelque dent !

ROLAND.

Non pas: mais j'ai besoin d'avoir un confident
Et d'épancher mon cœur loin des regards profanes.

TURLUPIN.

Ne suis-je plus le vieux sorcier,
D'une discrétion d'acier,
Le médecin prudent des hommes et des ânes ?

ROLAND.

Me confesser à lui serait original !

TURLUPIN.

Vas, je suis discret plus qu'un confessionnal.

ROLAND.

Croyez-vous aux tables tournantes?

TURLUPIN.

Autant qu'aux notes dissonnantes.

ROLAND.

Croyez-vous aux esprits?

TURLUPIN.

On en rencontre peu, quand j'en trouve un, j'en ris,
Et le premier qui passe est pris.

ROLAND.

Que dites-vous du spiritisme ?

TURLUPIN.

Je le trouve entaché d'un peu de crétinisme.

ROLAND.

Un jour, rentrant dans mon réduit,
Un spirite était là, c'était passé minuit!
Dans mon intérieur, il farfouillait à l'aise,
Faisant jaser ma table et jaboter ma chaise.
Sans jouer, me dit-il, *tu gagneras au jeu,*
Tu marcheras dans l'eau, dans l'air et dans le feu.
Je répondis: Mon cher, je la trouve un peu forte,
Et galamment je mis mon spirite à la porte.
Il s'éloigna d'un air moqueur,
Me laissant une flèche au cœur.
Je rentrai, malgré moi songeant à son grimoire,
Et vis un grand bras blanc sortir de mon armoire,
Il tenait à la main ce champêtre instrument ;

TURLUPIN.

Tu crus voir...

ROLAND.

Non, je vis et j'en fais le serment.
Afin de terminer cette magique orgie
Je battis le briquet, allumai la bougie.
Aussitôt qu'il fit clair,
Le bras s'évanouit.

TURLUPIN.

Il se donna de l'air.

ROLAND.

Mais à mes pieds gisait cette houlette ;
Sans jouer, j'allais donc gagner à la roulette ;

Seulement, car toujours sous notre firmament
A côté d'un bonheur se place un : SEULEMENT,
Sur ce cadeau divin qui me charme et m'enchante,
Quelques vers sont écrits :

TURLUPIN.

Lisons-les !

ROLAND.

Ça se chante !

Je suis DUCANTAL,
Du plus dur métal,
Sans craindre personne,
Qui me portera
La victoire aura,
Son cœur s'il ne donne.....

(Panade arrive dans le fond.)

PANADE.

Que dit-il avec le sorcier?
Écoutons pour apprécier.

TURLUPIN.

Ces six vers sont sévères;
Pourtant tu les révères,
Et tu fis le serment fatal
De pouvoir, dans ta vie entière,
Joûter avec une rosière!

ROLAND.

J'ai supporté longtemps le fardeau virginal:
Mais, de l'amour enfin j'allume le fanal.
J'aime Panade !
Du bonheur dans ses yeux j'ai bu la limonade.

J'aime! J'aime! Je l'aime avec explosion!
De la Saint-Sylvestre à la Circoncision!

TURLUPIN.

Il faut planter là cette femme!

ROLAND.

Plutôt déchiqueter mon âme!

TURLUPIN.

La jeter aux buissons à l'instant.

ROLAND.

Que dis-tu?

SCÈNE IV.

LES MEMES, PANADE.

PANADE.

Grand Dieu!

ROLAND.

C'est toi, Panade!

PANADE.

O! revers impromptu!
Aurais-je un sentiment qui s'incline au burlesque?
Est-ce une passion folle et carnavalesque?
Je croyais te connaître avant de t'avoir vu;
Cet affreux dénouement n'est pas du tout prévu.
Mon soleil de vingt ans à ton honneur se fie,
Regarde dans mes yeux, j'ai ta photographie,

Décide de mon sort.
J'apporte deux cailloux, c'est la vie ou la mort!
Choisis!

ROLAND.

Ton chevalier accepte l'accolade,
Ah! z'ut alors si ma belle est malade!
J'affronterai mille trépas,
Destin, je suis brave parmi les braves,
Fais de moi des choux ou des raves,
Je ne l'abandonnerai pas!

TURLUPIN.

Panade, tu le perds par excès de constance.
Lis sur ce bois de houx la fatale sentence:
Je suis DUCANTAL,
Du plus pur métal.
Sans craindre personne,
Qui me portera
La victoire aura,
Son cœur s'il ne donne.

ROLAND.

En acceptant la houlette invincible,
De mon cœur j'ai fait une cible !

TURLUPIN.

Roland, écoute un peu.
Je dois t'administrer quelques coups de férule,
On se gèle, trop loin du feu,
Mais trop près on se brûle,
Fuis !

ROLAND.

Cet homme à la barbe, aujourd'hui me fait peur!
Rien n'est sacré pour un sapeur !

SCÈNE V.

LES MÊMES, TOUS LES BOUVIERS.

UN BOUVIER.

Trahison, trahison, dans les bois, les jardins,.
 On ne voit plus que des gourdins
Fortement emmanchés, Goneron les commande,
Il va pleuvoir des coups, pour qui?... je le demande?

ROLAND.

Contre les hauts de cœur, que peuvent les gourdins?
Si vous valez six *francs*, écrasons les gredins,
 Et ce n'est pas la mer à boire.

UN BOUVIER.

Roland, sonne ton cor d'ivoire
Pour réveiller Charlemagne endormi.

ROLAND.

Quoi! pour un Goneron déranger un ami!
Jamais!

TURLUPIN.

Allons, pas de folie!
Sonne ton cor d'ivoire, ami, je t'en supplie,
 Il n'est que temps d'appeler son appui!

ROLAND.

Je ne sonne rien aujourd'hui.
Ne plaise à Dieu qui fit crême et laitage,
Que pour un moucheron je prenne un éléphant!
 Mais s'il tombe dans mon potage,
Je n'avale pas ça, le ciel me le défend!

Au ventre, amis, le cœur me pousse,
Bergers de Bresse, à la rescousse,
Et qui m'aime me suive.

TOUS.

En avant!!

TURLUPIN.

Arrêtez !

Il ne faut pas courir en ânes débâtés.
Vous allez à coup sûr empocher une danse;
A genoux! implorez d'abord la Providence!

> Une trappe ronde, sur laquelle Turlupin est placé,
> se soulève et le grandit. Tous les bergers se mettent
> à genoux et Roland se jette à plat ventre. Turlupin
> chante :

TURLUPIN.

Air *Bressan.*

Ecoutez à la cantonnade,
Chevriers, les entendez-vous ?
A recevoir la bastonnade,
Mes chers enfants, préparez-vous !
Tous les coups qu'à son prochain on donnera,
Avec intérêt le ciel vous les rendra !

> Les bergers et Roland se relèvent et la trappe re-
> descend.

ROLAND.

Bigre on s'enrhume ici
Tamberlick y perdrait son *si....*
Mais je suis un ténor sans peur et sans reproche,
J'ai toujours mon *si* dedans ma poche.

> Il arbore sur sa houlette un morceau de papier sur
> lequel la note est figurée.

Où sont mes douze paires....... (*il éternue*) de
bœufs?

UN BOUVIER.

Côté cour.

ROLAND.

Et mes troupe..... (*il éternue*) eaux de chèvres et
de moutons?

UN BOUVIER.

Côté jardin.

> A ce moment, Roland et les bergers se rangent
> à l'avant-scène. Panade s'assied, et se met à tricoter
> un bas.

CHOEUR GÉNÉRAL.

Amis, fondons sur eux.
Sans casser des œufs
Fait-on l'omelette?
Suivez mon amulette,
  C'est la mort aux rats
  Pour les scélérats.
Bientôt de ces traqueurs
  Nous serons vainqueurs.
  Fils de la montagne
Allons à Charlemagne,
  A travers champs et coups,
  A travers gens et choux ;
Foulons les colzas, les raisins,
Exterminons les Sarrazins !

> Pendant le chœur, des hommes passent en
> courant au fond de la scène. Le chœur fini,
> tous se précipitent vers le fond. Turlupin
> effrayé de la bagarre se sauve dans le trou du
> souffleur.

FIN DU TROISIÈME ACTE.

ACTE QUATRIÈME.

Pendant l'entr'acte, l'orchestre joue l'air de *Malboroug*, dont
    les paroles sont chantées par les gens de service dans la
    salle.
Quand le signal est donné, l'orchestre exécute un motif lugu-
    bre, où l'on entend les sons gémissants et prolongés du cor-
    net à bouquin.
Au lever du rideau, même décor que précédemment, seulement
    des cadavres sont amoncelés, les arbres renversés, les ro-
    chers éboulés.
Le cheval de Roland a été tué sous lui ; tous deux sont couchés
    sur les cadavres ; Roland a la tête tournée du côté du public,
    il tient encore à la bouche et de la main gauche son cornet;
    de la droite, il brise sa pipe.

—

SCÈNE Ire.

ROLAND, *seul.*

J'ai dégonflé ma cornemuse,
Cassé ma pipe et fait mon testament ;
Venez à mon enterrement
Si toutefois ça vous amuse.

> Sa tête retombe et sonne sur le plancher,
> mais immédiatement il essaie de se redresser
> et continue :

J'ai perdu la bataille et celle que j'aimais;
Charlemagne viendra... mieux vaut tard que jamais.
Quand il accomplira ma vengeance posthume,
J'aurai depuis longtemps dépouillé mon costume :

Mais je serai vengé !
En attendant je meurs comme un chien…. enragé !

Après un silence, se redressant davantage.

J'entends le bruit lointain d'un cheval qui s'approche
Je vais voir Charlemagne au haut de cette roche….

Goneron paraît s'avançant au petit pas de
son cheval de carton ; il conduit Panade aussi
à cheval et les mains liées.

SCÈNE II.

ROLAND, GONERON, PANADE.

GONERON.

Ah ! ah ! ah ! (*Rire sarcastique*).

ROLAND.

Comme on perd son soulier, j'ai perdu tout espoir,
C'est le coup du lapin… c'est un coup d'assommoir !
Après avoir chippé ma bourse et ma compagne,
        Le Goneron fait Charlemagne !

Il retombe et demeure immobile.

SCÈNE III.

LES MÊMES, TURLUPIN, SAHIRA, ZÉMIR,
TOUT LE MONDE.

Turlupin entre suivi d'une troupe de Bres-
sanes.

TURLUPIN.

Par ici, mes filles… chez nous ça ne peut pas fi-
nir comme ça… Vous avez des yeux à décrocher des
pendus, à ressusciter des morts ; utilisez vos char-
mes !

Une des femmes prend le cornet à bouquin
et sonne un appel de trompette. Les autres
tendent la main aux morts qui se relèvent,
ainsi que les arbres et les rochers.

TURLUPIN.

A l'avant-scène, faux Charlemagne! Venez, belle
Panade ; Sahira l'enflammée, Zémir de Bel-Azor,
nous allons pincer une farandole !

AIR : *De la liberté des théâtres.*

Errez, errez,
Dans ce val délirant
Vous y v-errez
Le cheval de Roland.

ENSEMBLE.

Errons, errons,
Dans ce val délirant
Nous y v-errons

PANADE (*elle arrive en trottinant jusqu'à la rampe à gauche*).

Le cheval

GONERON (*à droite, même jeu*).

Le cheval

ROLAND (*au milieu, même jeu*).

Le cheval

Roland trébuche sur le trou du souffleur, il y
prend une couronne et se la pose sur la tête.

TOUT LE MONDE

(*Parlé*) Il s'est couronné !

ENSEMBLE.

Le cheval de Roland.

A cet instant la farandole du troisième acte
reparaît, elle enveloppe tous les personnages
groupés au milieu de la scène, les chevaux effarés
se cabrent, puis elle va occuper le fond du théâtre.

TURLUPIN.

Rectifions d'abord le dénoûment...... Roland et
Panade à droite:... Goneron et Sahira à gauche. —
Enfants, je vous bénis !

> Tous se placent à l'avant-scène et prennent le chœur.

CHOEUR - GÉNÉRAL.

Montagnes de la Bresse,
Sur le plus haut sommet
Je hume avec ivresse
Tous les airs de Mermet,
Les plus gras pâturages
Ornent vos larges flancs,
On y fait des fromages
Pour récolter des francs.